집을 지나치다

집을 지나치다

지은이 이영선
발행인 김윤태
발행처 도서출판 선

초판 1쇄 발행 2008년 9월 23일

주소 서울시 종로구 낙원동 58-1 종로오피스텔 314호
전화 02-762-3335
전송 02-762-3371
e-mail sunytk@hanmail.net

등록번호 제15-201호
등록일자 1995년 3월 27일

값 7,000원

ISBN 978-89-86509-36-6 03810

집을 지나치다

이영선 시집

산

제1부 • 빈 집

사 월　11

빈 집　12

생강나무　13

덩굴꽃　14

산수유나무 곁에서　15

강　16

토란잎　17

피 정　18

늦가을 담쟁이　19

목련　20

강변에서　21

유월의 노래　22

전등사　23

민들레　24

시월 어느 오후　25

첫눈에 관한 명상　26

제2부 · 처서 무렵

울음소리　29

붉은 꽃등　30

꽃잎을 쓸며　31

산안개　32

여름 숲길에서　33

봄 날　34

집을 지나치다　35

우 수　36

궁남지 수련　37

달 밤　38

오후의 집　39

처서 무렵　40

상 강　41

가을에는　42

첫 새벽　43

12월　44

동짓달　46

제3부 • 저기 저 붉은 꽃잎

기도　49

성탄의 밤　50

둑길에서　52

손　53

밥에 대한 기억　54

운주사　55

수몰지에서　56

추석 무렵　58

모 정　59

저기 저 붉은 꽃잎　60

겨울저녁　61

눈 오는 밤　62

수도원에서　63

때늦은 봄날 오후　64

마흔 시절　66

제4부 • 바람은 어디서 불어오는지

소쇄원의 저녁　69

달　70

세족식　71

밤거리에서　72

딸을 기다리며　73

잔디길　74

사루비아 정원　75

폐교에서　76

돌 탑　78

겨울 산벚나무 사랑법　79

제삿날　80

바람은 어디서 불어오는지　82

■ 해설 _ 삶과 사물에 대한 따뜻한 응시와 시적 성찰 _ 이동순　85
■ 시인의 말　101

제1부

●

빈 집

사 월

산벚나무 꽃잎 분분히 날리는 너와집
걷어내지 못한 비닐 문풍지
푸르르 푸르르 찬 날개를 털고요

지난 가을 바싹 말려 둔 산국
찻물을 끓이며
물기 어린 인화지에 꽃자리 찍던
그대 옹이 박힌 손바닥에는
노오란 민들레가 살포시 피었네요

향 내음 머금은 들녘
꽃잎으로 건네는 눈마중
앉은뱅이 사랑 하나 품어도 될런지요

마을 어귀 눈 깊은 느티나무
기우는 햇살 비끄러매는데
산그늘이 풀썩 먼저 주저앉네요

빈 집

무너진 담장 길 덤불쑥 웃자라고
노을은 오래도록 붉었다

누군가 살 부비다 떠났을 집
손님처럼 어둠이 오고

초례도 치르지 못한 밤
여전히 달은 박꽃처럼 웃는데

마당가 자귀나무 아래 우물은
완경 이룬 여인처럼 달을 품지 못한다

생강나무

이른 봄날
허물어진 산비탈
생강나무 한 그루 쓰러져있다

송이송이 맺힌 슬픔
어느 따스한 숨결에 닿아
저리도 눈부시게 피어났는가

내 안에 피어난 꽃들을 본다

실바람에도 휘청거리는
저문 날의 꽃이여
생의 신비로움에 대하여
더는 묻지 않으리

어슬어슬한 산실
그늘진 경계가 모처럼 환하다
어디선가
별들이 점등을 시작한다

덩굴꽃

보일 듯 말 듯
덩굴꽃 갓 피어난 자줏빛 꽃술에
이슬 한 방울 아슬하다

후끈 밤이 지나고
산고의 비명소리도 잦아든 아침
손바람 난 덩굴
조롱조롱 잎사귀 내어 꽃을 돌본다

반백년이 되도록
꽃 한 송이 활짝 피우지도 못하고
불그죽죽 화장독 깊은
우리의 눈물 또한 저리 아슬했을까

사는 일이 아득하여
눈물을 돌보지 못하였네
가끔은 향기롭게 얼룩지지 못하였네

산수유나무 곁에서

어슬녘 뒤뜰
무장무장 쌓인 낙엽더미에 앉아
산수유나무를 바라봅니다

댕댕히 매달린 열매들이
그 쬐끄만 것들이 어둠을 밝히자고
일제히 빨간 전등알을 켭니다

고운 치장도 벗어야 할 때를 아는 나무는
애끓는 사랑조차 잠재우고
이내 어두워질지라도
눈보라가 알몸을 덮쳐올지라도
묵묵히 견디는 심사 고요함에 이를 테지요

고요함만으로도
눈부실 줄 아는 나무 곁에서 나는
한 시절 지나가는 줄도 몰랐습니다

강

그어놓은 경계
유유히 흘러드는 물줄기
함께 지켜보는 이 있음은
얼마나 유쾌한 일인가

곧잘 흩어져 길 잃고 헤매는
낟알 같은 생각들
말없이 쓸어 담으며
흘러 흘러
제 몸 섞은 강이 흐른다

어쩌다 만난 여울 부서지는 햇살에
은빛 알몸 부끄러울지라도

영화관 가는 길모퉁이
어느 밥집 창가
곱게 부딪히는 눈웃음 속으로
푸른 강이 흐른다

토란잎

소낙비 퍼붓던 여름날
속된 몸 서로 부비며 눈빛 나누더니
이녁의 밭고랑에 태를 묻었네

푸른 잎 사이 일렁이는 바람 따라
열흘쯤 맑게 비운 몸으로
네 곁을 천천히 거닐고 싶었지

또르르 굴러가는 밤이슬 모아
자궁 하나 둥글게 짓고
어린 것들 알알이 키웠을
뜨겁던 여름도 저만치 물러서는데

어린 청개구리 폴짝거리던 잎
누릇누릇 해질 무렵이면
흙의 품으로 세상을 굴려가던 너는
거룩한 어미가 되어 나를 부르리

피정

여름이 가기 전에
서둘러 꽃이 질까 걱정입니다

가난한 내 사랑은
글썽이는 그리움 물 밑에 고이 담아
하늘을 비춥니다

물빛은 깊어만 가고
연잎에 누운 바람
온종일 출렁출렁 손짓하는데

여름이 가기 전에
제 분깃* 챙기는 조급한 몸
햇살 뒤척이는 풀섶에 부려둔 채

다만 무념의 빛
백련 한 송이 흐드러지게 피우고 싶습니다

*분깃(分衿): 물려주는 재산을 나누는데 받는 몫

늦가을 담쟁이

여윈 몸으로
담벼락에 매달린 덩굴
숭숭 뚫린 뼛속으로 찬바람 불고
짓궂은 손자락에
한 잎 두 잎 흩날리는
아직은 따뜻한 덩굴의 살점
참 붉기도 하다
햇살은 가지런히 두 손 모아
날것의 울음을 받는다
쏴쏴 거리던 바람도 숨을 놓고
사륵사륵 눈이 내리면
시린 등에 쏟아질 푸른 달빛
슬퍼하지 마라 너의 겨울잠은
이제 더없이 아늑하리라

목 련

한 시절 눈부심
차가운 빗물에 적시며
창문 너머 새하얀 목련이 지네

오가는 발길에 짓밟혀도
누구인들 원망하랴
이승의 한자리
훌쩍 뛰어내린 투신의 나날
살아도
죽어도 거칠 것 없어라

보속 치른 가슴으로
꽃이여 봄날 휘휘 저어
어린잎 담뿍 피워 올리게나

강변에서

검붉은
물살의 혓바닥
지난여름 강변의 꽃밭 모질게 핥더니
살아남은 꽃씨들 있었나보다

꽃들에게 위안을 건네며
슬픔도 기쁨도 저 홀로 깊어가는
강물의 순종에 대하여
오늘은 그대에게 엽서를 쓰리라

사람의 경계에
강이 흐른다는
흐르다 넘치기도 한다는
그 오랜 전설이 물안개로 서린다

유월의 노래

나무들 수런거리는
아침 산길 오르다
그대 손에 이끌려 발길 머문 곳
찔레꽃 향기 그윽하더라

꽃잎 진자리 아쉬울세라
먼 들녘 보리이삭 누렇게 익어가는
지상의 순간들은 말없이 숭고하다

진초록 물감 걸음마다 적시는
유월의 숲길 따라
뜨거운 가슴으로 부르는 노래
이 아침 그대는 듣고 있는가

전등사

- 裸木女

마중 나온 산그늘 따라 산사에 드니
삼랑 성벽 넘어오는 바람결에
오랜 전설 하나 들었네

대웅전 처마 네 귀퉁이
주저앉은 알몸의 한 여자 있어
옛 사랑 서까래 이어 하늘 받들고
이끼옷조차 입지 못한 몸으로
솔향기는 품었을까

적멸의 꽃길 아득할지라도
비바람 막아주고 뙤약볕 비껴가니
불사지고 가는 걸음마다
꽃 피는 이유 이제야 알겠네

불두화 꽃잎 청자빛 물드는 날
하루해가 다 지도록 나는
먼 그대를 경배하였네

민들레

철근을 나르는 그대
갈라진 손바닥 틈새로
한 송이 신성한 꽃이 핍니다

부드러운 내 손바닥에
고르게 뿌려진 씨앗들은
찬란한 꽃 한 송이 피우지도 못하고
느릿느릿
작은 민들레로 피었습니다

머언 들녘 어디쯤에서
우리가 꽃잎으로 날아와
서로 만날 수만 있다면
희망 하나 품어도 좋으련만

별들도 꿈꾸는 새벽
꽃향기 누리던 잠에서 깨어나
따스하게 데워진 시름
세상 밖으로 조용히 밀어냅니다

시월 어느 오후

목장승 비스듬히
하늘 보고 누워있는 공방 뜰
켜켜로 쌓아둔 배 불룩한 항아리
붉은 햇살이 곱다

문 틈 사이로
두런두런 들려오는 목소리
주인은 간데없이
저 혼자 라디오가 떠들고 있는데

구구구구
숲 속의 작은 새여
담쟁이덩굴 땀 젖은 뜰에
어여쁜 너의 노래 들려주지 않겠니

솔 내음 가득한 숲길
살아남기 위하여 내게로 왔구나
깊숙이 뿌리 내린 상처를 달래 듯
옷깃에 달라붙은 도깨비바늘
가만가만 떼어내었다

첫눈에 관한 명상

유리창에 얼음꽃이 핀다
참았던 울음이 한꺼번에 터지듯
펑펑 쏟아지는 첫눈

먼 도시의 겨울밤
바람 찬 골목길 외로운 사람들은
제 그림자 하나씩 이끌고
첫눈 속으로 총총 사라지리라

전화벨소리 더는 울리지 않는
눈 그친 아침

소복소복 쌓인 근심 힘껏 쓸어내며
세상의 어미들은 누구보다도 눈이 밝아져
일자리 찾아 집 떠난
어린 딸의 발자국을 보기도 한다

제2부

●

처서 무렵

울음소리

밤은 깊어 깊어
날이 새도록
그 여자 우네 소리 죽여 우네

방창 너머
들 고양이 울음 벗 삼아
그 여자 겨우 숨 한번 몰아쉬네
뼛속까지 비우네

찰방찰방
적막을 건너오는 흐느낌

붉은 꽃등

선운사 뒤뜰
뚝뚝 떨어지는 동백꽃
한 움큼 주워 온 날

가슴 밑 둥지 새 한 마리 날아와
오래오래 울고 갔지

내 몸 구석구석
붉은 꽃등 켜놓고

꽃잎을 쓸며

밤새 통곡하더니
기진한 바람 잠이 들고
배나무 아래 시신들이 즐비하다

이 아침
어느 시신인들
아름답기로 저 꽃만 같으랴

찬비를 맞으며
어린 잎새들 부지런히 물을 긷는다
떠난 목숨 잊으며
또 한 목숨이 물을 긷는다

꽃 진자리도 향기롭구나
꽃들의 시신 거둔 손으로 나도
오늘 하루쯤 향기로울 수 있겠구나

산안개

안개가 산을 내려와 길을 지우기 시작한다

한 장의 엽서처럼
팔랑팔랑 네가 떠나간 낡은 길
상수리나무 숲은 형체도 없이 사라진 뒤였다

몰려오는 안개 속에서
공들여 돌보지 못한 내 마음 깊은 숲
제멋대로 우거진 푸새들이 젖어

차차 너를 잊고
허기진 늑골 아래 터질 듯 채운 안개만으로도 나는
가벼이 날아오를 줄 알았다

어찌 숫된 발부리에 기대어
꾸벅꾸벅 산정을 오를 것인가

여름 숲길에서

재잘대던 어린 새들
너른 세상 들녘으로 서둘러 떠나가고
상심한 숲 푸른 잎만 무성한데

빈 둥지 흘리고 간 깃털
바람에 날리며
웃음도 울음도
가붓이 비워내는 여름
비로소 갈매빛 그늘 찾아 누웠다

어디선가
잠자리 떼 지어 날고
붉은 연꽃 참 흐벅지게 피었다는
나무들 수런거림에

까무룩 졸던 여름 부스스 깨이
눈 시린 칠월 햇빛 속으로
성큼 기운차게 걸어간다

봄 날

화사한 식탁도
불 밝힐 촛대도 없이
내 가난한 마음은
채워도 채워지지 않는 허기로
낯을 붉히더라도
나는 한 올 부끄러움도 잊은 채
그대에게 설법을 청하리
돌처럼 굳은 어깨
내리치는 죽비소리에
그만 매화 꽃망울 살포시 눈 뜨는
내 안의 꽃들이 초경을 치르는
그 즈음에는

집을 지나치다

풍경소리 쟁쟁 울릴 것만 같다
나무들은 알몸으로 순례의 길을 떠나고
한결 맑아진 산그늘 아래
저녁 해가 차창 안쪽을 기웃거린다
호숫가 나지막한 집에서는
이른 저녁밥을 짓는지 건초더미를 태우는지
흰 연기가 자욱이 피어오르는데
벙어리 바이올린*을 부르는
어린 여가수 흐느끼는 노랫소리에
굴헝에서 길 잃은 마음
물안개 속으로 사라진 흰새가 그립다
늙은 머리칼 희끗희끗 나부끼는 억새밭 지나
천천히 집으로 돌아오는 길
낮달이 주춤거리며 뒤따라오고
바람은 점점 세차게 불고

* 벙어리바이올린 – 가수 '페이지(Page)'가 부른 곡명

우 수

바람 부는 오후
동구 밖 삼거리 늙은 느티나무
물끄러미 들녘을 바라본다
등 수그린 비닐하우스 살 오른 허리춤에
햇살 한 줌 보석처럼 빛난다
바람을 다그치듯 늘어진 전신주 잉잉거리고
사진기를 들이대니, 풍경
칠순 노인의 얼굴처럼 주름만 깊어
쓸쓸히 걷는 논두렁길
새떼 한 무리 날아오른다
겨우내 봇도랑 지키며
겨울잠에 빠진 흙빛 도꼬마리 덤불 사이로
오가며 재잘거리는
어린 새떼들
일순 들녘이 부스스 눈을 뜬다
결빙의 날들이 지나간다
보는 이도 없는데
나 혼자 괜스레 얼굴이 붉다

궁남지 수련

긴긴 여름
불덩이 품에 안고
몇날 며칠 몸살 앓은 가슴
색도 깊다 하여

하늘도 품었을
너를 찾아
먼 길 숨차게 달려왔더니

너를 향한 그리움
어느새 먼저 알알이 날아와
저리도
붉디붉게 꽃을 피웠구나

달 밤

푸른 이불깃에
달아오른 얼굴 묻고
지그시 눈 감은 나무

더운 숨 고르던 비둘기
이제 마악 잠이 들고

나무 둥치 속 어린 벌레들
뒤척이는 어깨 살며시
둥근 손 다가와
꿈틀거리는 한낮의 기억을 재운다

먼 하늘
은빛 새들 떼 지어 날아간다
지상의 길들이 푸르게 빛난다

오후의 집

두 평 남짓한 방
제 할일 끝낸 햇살 자리를 편다
방안 기웃거리던 하루
슬금슬금 기어들어 해면처럼 눕는다

그늘진 눈자위 밑
우주를 돌아온 고요가 흐르고

산다는 것은 내 안에
돌 하나 키우는 일
뜨거운 심장은 너무 멀리 있다

종일 펄럭이던 바람도 꿈을 접는 집
소리 없이 문이 닫히고

처서 무렵

오래된 정원

늙은 후박나무

날아온 기별 앞에 속수무책이다

햇볕은 저리 다정한데

온 몸에 자꾸 마른버짐 핀다

바람도 숨이 차다

상강

여름내 자글거리던 햇살
끈질긴 욕정 거두어 먼저 돌아갔다

살짝 여우비만 내려도
흰 이빨 드러내고 좋아라 웃던 방죽의 연잎도
잠자코 물속으로 숨어들고

산등성이 굽이굽이 넘어오는 단풍
이제 누구도 막을 수 없다
차디찬 돌덩이조차 첫 수태를 꿈꾼다

간혹 지친 몸 돌아눕는 소리 나직하게 들려온다

가을에는

착한 손 하나 꼬옥 잡고
떡갈나무 숲길 지치도록 걷다가
갈잎, 저희들끼리 이별하는 나무 밑
수북한 죽음 위에 누워
쏟아지는 하늘에 사랑을 물들이거나

세파에 닳은 말문 조용히 닫고
한적한 바닷가 누추한 여인숙일지라도
지친 몸 나지막이 부리며
저무는 가을바다 이불깃 끌어당겨
한 사흘쯤 내리 깊은 잠에 빠져들거나

하물며 햇볕 환한 오늘 같은 날에는
무엇이든 훌훌 털어 널면
포슬포슬 말리고 일어서는 햇살
오래도록 눈 시리게 바라보고 싶다

첫 새벽

선잠 깬 아래층 아이의 칭얼거리는 소리
수도관 타고 간간히 들려온다
하늘은 어둠을 벗지 못한 채 아직 빗물에 젖어있다
풀벌레 희미한 울음조차 방 창을 넘는데
여전히 불통인 너를 그리워하며 뒤척이는 새벽
지상의 기척들은 왜 그리도 애틋한지
내 어릴 적 동무처럼 이제 나도
너의 허물을 덮어주고 싶다

12월

한바탕 꿈이라도 꾸었는가
시든 꽃 나른한 얼굴들이
길섶에 누워있다

안으로 안으로
못다 이룬 꿈들을 여즉 궁글리는지
지그시 감은 눈 낮은 어깨 너머로
흙먼지는 풀풀 날리는데

까슬한 꽃 대궁 한 움큼 잡으니
가벼운 저들의 생애가
내 손아귀에서 바삭 부서진다

세찬 바람에 흔들리며
내리꽂는 빗줄기 등판에 박으며
아아 한 시절 환한 꽃이었을
죽음이여

꺾이는 것은 한 순간이라고
사는 게 다 그런 거라고
들녘을 가로질러 가던 겨울이
내게 한 수 일러준다

동짓달

불혹이 서러워
사사건건 심통 부리던 김씨네 막내아들
튼실한 아낙 얻어 방 한 칸 들이니

밤은 더욱 깊고

뒤란 동백나무 눈꽃 털어내는 소리
후두둑 후두둑

제3부

●

저기 저 붉은 꽃잎

기 도

어느 누구의
막막한 숨결인가
안개꽃 자욱한 숲 속
나무들이 둥둥 떠 있다
까슬한 풀잎 스치는 살갗에
붉은 상처가 핀다
차라리 눈 감고 걷는 길
뼛속까지 고요한데
이대로 가벼이 떠오르면
아득함마저 기쁘리라
한 줄기 빛으로 오시는 님이여
당신의 미소
온 누리에 가득하니
오 잃어버린 저 숲길
이제는 저의 모습 보일 테지요

성탄의 밤

늦은 미사 마치고
계단을 내려오는 사람들
얼굴빛이 등불이다

색소폰 연주자는
음계를 누르며 붕붕거리고
사람들은 발그레한 얼굴로
이웃돕기모금함에 분홍지폐를 넣으며
후후 뜨거운 국물을 마신다

오랜만의 안부를 묻듯
살가운 눈빛으로
모두들 시린 어깨 동무삼아
이천 년 내리사랑 덤으로 누리는데

사위는 밤
어둑한 성당 뜰 어린 측백나무는
노란 알전구 주렁주렁 달고
이 겨울에 오신 이 거룩한 이름을
몸서리치며 빛내고 있다

둑길에서

길가에 늘어선 가로등
금빛 기둥 물속에 세운다
어디론가 닿을 듯 물길이 기둥 사이로 깊다
땅 위의 지친 목숨들
신발 한 켤레 허물처럼 벗어놓고
제 안에 길 내어 물길 닿도록 떠나는 까닭을
이제는 알 듯도 한데
캄캄한 물결 밟고 내게로 오는 이 있으니
찰랑찰랑 이 밤에 오시는 이여
사랑을 호명하지 말자
형벌처럼 가슴이 시리다
멀리 새로 난 우회도로로 갈 길 서두르는 밤차는
어디로 달음박질 하는가
우리의 가슴에도 에돌아가는 길 하나 있다면
맺힘 없이 떠나가라 사랑이여
사람의 마을이 가까이 있다

손

까슬한 갈잎 서걱이는 뜰에
감나무 한 그루 우두커니 서 있다
잎도 열매도 다 버리고
사랑도 미움도 거칠 것 없는
당당한 어깨 비끼우는 바람결에
친친 감아 오른
능소화 날가지 몸을 씻는다
뒤틀린 팔뚝이 성성하다
팔뚝 끝에 갈라진 손
빈 들 건너와 하늘 향하는
굽어진 저 손이 낯설지 않구나
이제껏 키워 세상에 내어놓듯
부끄럼 타는 손 내게도 있음이니
감나무 삭은 등걸 기어오르다
설핏 물 긷는 소리를 듣는데
겨울 오후 햇살이 서둘러 산을 넘는다

밥에 대한 기억

이제 막
새벽잠 털어낸 아침

식구들이 먹다 남긴 밥그릇 모아
내 몫의 밥을
눈송이처럼 떠 담는다
고봉밥이다

제 갈 길 급히 떠난
등 뒤의 짧은 기억 혹은 익숙한 살내음
여기 밥덩이로 돌아와
나를 능치고 있는가

식탁에 앉아
목마른 사랑 우적우적 씹으며
햇살 한 줌 섞어 밥을 먹는다

운주사

햇살 밝은 아침 화순 들녘에 연초록 파랑이 넘실거
려도 그 길목엔 다툼이 있을 리 없지 합장한 미륵들
은 천년 세월에 기대어 원추리꽃 등을 밝힌다 산길
에 올라 별들이 점지해 둔 칠성판에 누우니 눈 감은
하늘 은하수가 흐르네 와불님은 잘 계시는가 사각
사각 솔잎 씹어 먹던 바람 넌지시 이르기를 그대 옆
에 누워있는 마음이 생흙 깔고 청산 지키는 와불님
아니겠는지 땀 흘리는 마음자리가 도량인 게야 맑
은 독경소리 운주에 가득하니 이제 우리는 산을 내
려가 활짝 돛을 올려도 되겠다

수몰지에서

뽑다 만 고춧대 나뒹굴고
허물어진 밭둑 늘어진 칡넝쿨
꼬리 긴 햇살 휘휘 감아 오르더니
먼 길 떠나신 아버지
끝내 흙집에 누우셨지

쑥부쟁이 주저앉은 산길 내려오며
슬픔에 젖은 눈
저물녘 빛나는 물 무덤 보았네

뒤란의 늙은 감나무
옛 주인 집 잃을까 치표를 세웠는가
수몰의 날을 기념하듯
당당한 우듬지 눈부신데
깨금발 놀이하던 마당은 어디 있나
내 뼈와 살이 태어난 방
치어들이 알에서 깨어나리라

누가 고향을 그립다 했는가
파헤친 밭 기슭에 아버지 묻고
열두 해 반짝이던 사금파리 시절
바다 같은 호수에 파묻으며
산 꿩 울음 사이사이 숨죽이고 울었건만

추석 무렵

물고추 한 줌 널브러진 봉당
어쩌다 드나들던 들고양이 주인처럼 앉았다
시멘트 덧바른 마당 깨진 바닥 틈으로
부전나비 몇 마리 날아와 앉은 듯
푸릇하게 자란 가을 풀 바람이 연신 입질하는데
나긋나긋한 풀잎의 품새
객지살이 막내딸을 닮았다며
혼잣말 중얼거리시던 어머니
뒤란 걸어놓은 솥단지에 알밤 한 소쿠리 쏟아 붓는다
불길 들이지 않는 아궁이
모진 성깔 달래듯
입파람 후후 불어넣으시더니
기어이 눈시울 벌겋다
일곱 자식 넣어 키운 헐렁한 애기집
이제 보름달 하나 가득 품어도 좋으련만
굽어진 허리 어쩌자고 그믐처럼 깊어만 가나
달 숨은 하늘 먹구름이 몰고간다

모 정

몸집 푸짐한
시장통 입구 곰탕집 아주머니
군대 간 아들자랑에
고단한 이력 무시로 쏟아지네

곰탕 끓는 소리에
시장 골목 덩달아 펄펄 끓어오르는
칠월 한낮
내 아이는 잘 있는지

그리움 따라나서는
메타세쿼이아 가로수길
나무들 웃음 받아 얼굴 푸르게 씻고
상념의 새떼들일랑
먼 하늘 점점이 날려 보내고

시든 개망초꽃 허리 흔드는
검문소 옆 면회장 가는 길
키 큰 아카시나무 달콤한 향기에
묵은 근심을 놓았네

저기 저 붉은 꽃잎

지난 봄 옻칠한 식탁 앞에는
네 개의 의자들이 묵언수행 중이다
언제부터였을까 너른 식탁 등 뒤에 두고
개수대 앞에 서서 밥을 먹기 시작한 것이
찬도 별반 없이 우적우적 씹는
이것이 밥인지 쓸쓸함인지
영치금 같은 밥덩이를 삼키며
얼마나 자주 목이 메었는지
북쪽머리 쪽창에 잘린 개나리 아파트
다문다문 불 켜진 창살도 다정해라
애살 돋우는 저녁불빛
식구들 끼니 걱정 핑계 삼아 몰려오고
약속이라도 한 듯 수신음이 울린다
오래된 놋주발처럼 삭은 오기라도 부리며
밥 한술 떠넘기는 어둑한 부엌
등 돌려 불을 켜야 하는데
누굴까 어둠 속으로 침몰하는 부엌을 버리고
썰물처럼 빠져나가는
저기 저 붉은 꽃잎 떼 몰고 가는 이는

겨울저녁

뒤꼍 아궁이
참나무 장작불이 벌겋다
죽은 몸이 살아난 듯 환하다

달아오른 아궁이 앞에 잘 익은 숯불 긁어내고
뒤적뒤적 기름 발라 돌김 몇 장 구워내면
열어젖힌 부엌문 너머
먼 하늘
치자빛으로 아슴하게 물들던
서른 즈음

사는 일이 아득해도
노을은 애인처럼 찾아왔지

새삼 묵은 냄새가 스스럽다
등 시린 겨울 저녁
활활 다비식을 치르면
쉰 해 꽃 피고 진 연화대 황홀한 등신불
사리는 몇 개일까

눈 오는 밤

사락사락 눈이 내린다
공원은 안개에 갇혀 잠이 들었다

측백나무 샛길을 걷는데
바지런한 눈발은 연신 내 발자국을 덮는다

지상의 어느 모퉁이
시린 무릎으로 꾹꾹 새겨놓은 내 생의 흔적도
시간의 눈발아래 서서히 묻히고 먼 훗날
도드라질 화석처럼
기억 저편으로 잊혀지겠지

뽀얀 새살 올리며 밤은 깊어 가는데
나는 발자국을 남기고
눈발은 말없이 지우고

수도원에서

창을 열면
초록이 출렁출렁 쏟아져 들어오고
대추나무 팽나무 층층나무 와와 웃어젖히는
야당리 수도원에는
밤마다 누가 찾아오시는지
나무들 몸 씻는 소리 눈부시다
그 달빛에
풀벌레 울음 자욱자욱 허공을 메우고
은빛 이슬
촉촉이 돌부리 젖는
홀로이면서 아무도 홀로 아닌 듯
그저 수굿한 동침인 듯
밤마다 누가 찾아오시는지
반 지하방 기도실
죄인 하나 들어와 반딧불 되었네
어둠은 달빛에 숨고
달빛은 어둠에 숨어

때늦은 봄날 오후

어린 담쟁이들이
조롱조롱 엎드려 벽을 오르네요
살랑 바람이라도 불면
벽은 일시에 싱싱한 물결이 일렁입니다
우리는 가끔씩 창 너머 풍경을 넘겨다보지요

너도나도
어린 불가사리 같은 손바닥 벌려 물감을 칠하면
무엇이 되고 싶은 미술시간
자폐증을 앓는 은섭이
붓질이 간지러운지 손을 오무립니다
저런, 꽃잎이 찢어질라
오늘은 피어날 꽃만 생각하자

하늘은 스펀지로 살살 찍어주고
숨어있는 이파리는 초록으로 칠해주고

담쟁이는 힘차게 벽을 넘는데
다섯 송이 손바닥 꽃이 방글방글 웃습니다
창가의 선인장도 그만 까르르 웃는
때늦은 봄날 오후

마흔 시절

저문 강가 흐르는 강물 따라 흐르다
고즈넉이 떠있는 모래톱
오래도록 눈 시리게 바라보았네

내게도 강물 빛 푸른 시절
희뿌연 새벽마다
땅의 향기는 늘 새로워
정신의 잎새마다 청청했는데

가끔은 흰 물새 떼 날아들고
달빛도 머물다 가는 밤

밀려오고 밀려가는 물결
그렇게 스쳐가는 오늘이려니
강가에 앉아 푸른 새벽 기다리다
그만 서둘러 일어서고 말았네

제 4 부

•

바람은 어디서 불어오는지

소쇄원의 저녁

댓잎 서걱이는 바람소리에
제 그림자 찾아 내려온 산은
오곡문 곁 담 지나 대숲으로 들어가고
고요를 입에 문 비단잉어
연지의 물빛은 흔들림이 없다
목백일홍 굽은 가지마다
상서로운 꽃잎은 오늘도 눈부신데
어쩌자고 나는 아직도
캄캄한 너를 버리지 못 하는가
후드득 후드득 빗방울이 떨어진다
대숲 빠져나온 희끗한 길
바람을 안고 섰다 저 바람결에
고단한 몸 흙먼지를 씻으며 나는
어둔 길을 떠나야만 하리
이제는 너를 보내야만 되리

달

해지는 들녘
송장메뚜기 한 쌍 날개를 털며 날아갑니다
황금빛 가루 날리는 해거름 긴 꼬리에
밀월을 싣고 어디론가 사라집니다

푸른 탯줄 키우던 채마밭은
이제 만삭의 몸으로 누워 땅을 차지하고
더 이상의 인연은 없다고
귀엣말 속삭이던 벌레들도
제 살점 올올이 뽑아 집을 짓습니다

가을은 울컥울컥 선혈 쏟으며
불 꺼진 성당 뜰 어둠을 적시는데
바스락거림도 없이 곤히 잠든 꽃잎 앞에서
나는 오래도록 그 밤을 걸었습니다

어수룩한 밤길
주춤거리며 걸어온 스무 해 하늘
기울 줄 모르는 만월이었지요 당신은

세족식

흐릿한 불빛 아래
우리는 조용히 눈을 감았다
기도소리 빗물에 젖는 밤

흰 수건 팔목에 두르고
무릎 꿇고 앉은 죄 많은 지아비들
우리가 언제부터 부부였던가
가물가물한 세월이 촛불에 흔들린다

갈라진 아내의 발뒤꿈치
처음으로 어루만지며
나무껍질처럼 부르튼 사랑을 생각한다

다시 기도소리 커지고
여기저기 흐느낌 잦아들 무렵
조심스레 발목에 물 끼얹는 소리
어둠을 건넌다

밤거리에서

어둠을 찢으며
잠 깨우는 문명의 소리
도시의 밤거리를 달음질친다
지상의 아우성 가슴에 품고
밤은 홀로 아프도록 깊다
공원의 나무들은
숲 속 정령의 부활을 꿈꾸는지
한 장의 그림 속 배경으로 돌아가고
누군가 흘리고 간 그림자
어둑한 의자에 누워 백년의 잠을 잔다
어쩌면 욕심의 넝쿨들이
시나브로 우거진 마음의 풀숲에도
때때로 깊은 잠이 쏟아지면
잎 날 세운 풀잎머리 뉠 수 있을지 몰라
사는 것이 나날이
불 꺼진 창문처럼 아득하거든
상현달 아슴한 눈빛 따라
밤거리를 걷고 또 걸어 볼 일이다

딸을 기다리며

좁은 방 여전히 낯설다
식탁에는 기한 지난 과일들 껍질째 나뒹굴고
월간잡지 찢어 붙인 서쪽 유리창으로
겨울 햇살이 얼룩처럼 번진다

사륵사륵 찻물이 끓는다
공연히 시리지도 않은 손 이불속을 더듬으며
저녁이 오기를 기다린다

물 끓는 소리도 그치고
사원의 긴 회랑 끝 기도실처럼
고해를 기다리는 죄의 무게처럼 침묵이 쌓이고

문득 사람의 심중에도
더는 들썩이지 않게 제자리 찾아 줄
자동눈금이 있다면
내가 지은 죄 세상이 지은 죄
한결 가벼워지리라 생각한다
쓸쓸한 벽에 기대어
이윽고 문 앞에 당도할 너를 기다리며

잔디길

낮은 공원언덕
지난겨울 보이지 않던 길이 생겼다
딸아이 머리 숲 가르마처럼
어둠 속에서 저 혼자 빛을 내는 길
저만치 소나무 아래 두 갈래 길도 보인다
활시위에 쟁여진 활처럼
어둠 속 꼿꼿이 서있는 소나무
갈래길 틈새 땅 점령이라도 한 듯
깊은 그늘 드리우고
완강하게 뻗은 솔잎 서슬이 퍼렇다
죽은 듯 키 낮추고
새봄을 기다렸을 겨울 잔디
착하디착한 등 씩씩하게 밟으며
누군가의 첫 걸음이 지나갔을 것이다
오늘도 순순히 등 내어주는 종족들은
이름도 쓸쓸히 기억하리니
늦은 밤 피돌기를 위한 발걸음이여
혈색 좋아진 너의 발등에
길을 싣고 가라

사루비아 정원

깨알 같은 씨앗들이
저 홀로 눈 뜨고 잎사귀 키우더니
풀무 돌리는 소리 요란하다

활활 타오르는 꽃
불길 속 살아나는 풍경을 본다
달콤한 바람이 분다
어린 날 어머니의 포플린 손수건
하느적 날아와 콧등을 스친다
매일 아침 꽃을 돌보시던 아버지 휘파람도 들려오고
동생과 사진 찍던 단발머리 소녀도 보인다

아직은 단단한 뼈
오늘은 여기에 묻고 싶다
붉은 천 겹겹이 두르지 않아도 좋으리
세상은 온통 꽃불에 휩싸어
운구의 눈부신 행렬도 경쾌한 행진곡도 완벽한
곡소리조차 들리지 않는 가을날인 것을
광휘로운 불 못이여
나를 받으시라

폐교에서

숙모님 장례식 날
기세등등하던 병마도 선산에 묻고
돌아오는 길
산수유꽃 피고 지는 초임지
빈손으로 찾아갔네

스물일곱 해 돌아보지 못한 세월
군데군데 페인트칠 벗겨진 건물은
노쇠한 병사처럼 담담한데
부실한 내 무릎 먼저 무너졌네

이리저리 폐지 굴리는 모래바람만이
낯선 방문객 흘깃거릴 뿐
산 아래 묵정밭조차 돌아누운 봄날

아이들의 함성도
시종소리도 더는 들려오지 않는 교정에 앉아
어른이 되었을 저문 날의 아이들과
어디론가 팔려간 주물종이 그리웠네

사라진 힘에 대하여 한마디 답도 없이
뉘엿뉘엿 해는 이울고

돌탑

속리산 오르는 산길
구비 도는 길목 너럭바위에
올망졸망 쌓아올린 돌탑들이 위태롭다
입춘이 지났건만
몰아치는 산바람과 눈발 속에서
저희들끼리 어깨 맞대고 견디었을 불안한 날들은
아직 풀릴 기미가 없는데
더러는 견디지 못하고
무리에서 떨어져 흩어진 것도 여럿
숨죽이고 엎었을 누군가의 소원들이
하릴없이 하늘을 우러른다
겨우내 눈덩이처럼 불어난 죄라도
몇 개 꺼내어 엎으면
금방이라도 날아갈 듯 가벼워질까
저녁 예불 알리는 종소리
돌탑 위에 엎어두고
어스름한 산길 아직은 이른 시각
별들이 내려와 탑돌이를 시작한다

겨울 산벚나무 사랑법

이맘때면 늘 그랬듯이
잎잎 휘적휘적 술 취해 돌아가고
차디찬 산 비알 품어
꽃 피워내시라
맵찬 바람만 종일 붑니다
일몰처럼 저문 당신 돌아오는 길 잃을까
벌겋게 눈을 떠도 캄캄한 적막
얼어붙은 발부리는 꿈쩍도 않는데
먼발치 간지럼 태우는
마음은 이미 저편
눈바람에 씻기고 수묵 진 햇살에 말리며
살다가 살다가 이윽고
정수리 댕댕거리던 추억도 쪼글해지면
개울물소리 낭랑한 봄날 아침
그리움도 화관 쓰고 하늘 우러르게 될런지요
보름치럼 떠오르는 당신
환하게 잊을런지요
시린 오금 주저앉은 밭둑
대책 없이 움쑥거리는 뜨거운 입김이라니
푹푹 눈길은 아득한데

제삿날

무슨 기념일들이
달력 뒤로 총총 사라진다
사라지는 날들의 뒷덜미는 완강하다

촛불 아래 잘 차려진 제상
연신 헤헤거리며 절하는 서너 살 박이 손자들
하늘로 치켜든 엉덩이도 쓰다듬고
눈물방울 같은 자식들
차례차례 추억의 등줄기 밟고 가시는
학생부군 아버님
십년동안 묵묵부답 제상 지키는 지방
잠시 펄럭이는 사이
정지당한 내일을 향하여 천천히 걸어가신다
너른 인정의 그늘도
가슴에 담아둔 그리운 말도
이제는 옛일
묵은 치부장을 넘기듯
망각은 누대를 걸쳐 불어오는데

해마다 제삿날 밤이면

나는 추억조차 잊을까 두렵다

바람은 어디서 불어오는지

이른 저녁
느릿느릿 걷는 공원 길
서너 살쯤 됨직한 사내아이
뛰어오며 소리친다
비켜 비켜
앞질러가는 아이의 보드라운 머릿결이
두 박자 맞추듯 찰랑거린다
내가 한 바퀴 걷는 동안
어린 종아리는 벌써 두 바퀴 도는 중이다
비켜 비켜 소리치기 전에
알아서 얼른 길 내어준 무릎 가볍게 제치고
아이는 제 어미인 듯
저만치 서 있는 젊은 여자에게 달려간다
살구꽃 같은 입술
뭐라 뭐라 종알거리더니
세워둔 노란 세발자전거에 냉큼 올라탄다
통통거리던 종아리 바삐 페달을 밟으며
근처 운동장으로 유유히 사라지고
나는 한동안 멍하니 서서
방금 내 곁을 스쳐간 그 무엇을 생각한다

잠시 바람이 불었던가
바람은 어디서 불어오는지

삶과 사물에 대한 따뜻한 응시와 시적 성찰
– 이영선 시집 『집을 지나치다』에 대하여

이 동 순[1]

1

시는 언어의 그림이라고 합니다.

이 말은 시의 표현과 회화繪畵의 표현이 지니는 동질성에 대한 암시를 담고 있습니다. 그런데 시를 읽으면서 느끼는 감정과 회화를 보면서 느끼는 감정은 서로 다릅니다. 시든 회화든 자연이라는 존재의 모방 과정임에는 틀림없지만 표현 수단에 따라서 이처럼 서로의 감응 과성은 차이를 보이는 것입니다. 달리 말하자면 시를 읽는 맛과 그림을 보는 맛이

---

1) 시인. 문학평론가. 동아일보신춘문예 시 당선(1973). 동아일보신춘문예 문학평론 당선(1989). 시집 『개밥풀』 『물의 노래』 등 12권 발간. 민족서사시 『홍범도』 (전5부작 10권 발간), 해방 이후 최초로 백석의 시작품을 정리하여 『백석시전집』을 발간하고 문학사에 복원시킴. 이후 『권환시전집』 『조명암시전집』 『이찬시전집』 『조벽암시전집』 『박세영시전집』 등을 줄곧 발간함. 평론집 『민족시의 정신사』 『잃어버린 문학사의 복원과 현장』 등 각종 저서 45권 발간. 신동엽창작기금, 난고문학상, 시와시학상 등을 받음.

서로 다르다는 소감의 고백과도 같습니다.

모든 예술은 그 지향의 근본에 있어서 결국은 하나로 만나게 되는 것인지도 모릅니다. 돌파하기 힘들고 어려운 삶의 여러 도정을 굳건하게 헤쳐 나가는 과정에서 마침내 빛나는 예술은 생겨나는 것이지요. 그리하여 모든 예술의 궁극적인 방향은 극복의 경과, 혹은 승리를 획득하기 위해 나아가는 악전고투의 과정으로 볼 수 있을 것입니다.

시인이 다루는 언어의 질감은 어떤 시를 쓰는가, 또는 시인이 어떤 삶을 살아왔는가에 따라서 현저히 달라질 수 있습니다. 그것은 화가가 어떤 색상에 대한 구체적 선호를 나타내는가 라는 문제와 유사한 것입니다. 그러므로 어떤 시인은 밝고 명징한 언어를 즐겨쓰는데 또 다른 시인은 어둡고 침울한 언어에 집착을 보이는 경우도 있는 것입니다.

우리는 한 편의 시에서 구사되는 언어의 특성이 매우 특별한 것이어야 한다는 고정관념을 가고 있는 듯합니다. 하지만 그것은 자칫 오해를 유발시킬 염려가 있습니다. 시적 언어poetic diction라는 것이 일상적인 언어와 구별되어야 한다는 사실에는 의문의 여지가 없지만, 시를 쓰기 위해 특별히 고안된 어떤 언어의 형태가 있어야 한다는 생각은 자칫 시와 시인

자신을 독자들로부터 고립시킬 수 있는 것이지요.

잘 알려져 있는 것처럼 지난 1960년대의 이른바 난해시라는 형태가 바로 그러한 전형적인 모습을 지녔습니다. 공연히 어려운 한자말, 아무도 쓴 적이 없는 생경한 외국어, 수학이나 화학의 기호와 공식, 현학적이고 철학적인 어휘들, 야릇한 서구적 방법론에 포로가 되어 있는 경우 따위를 들 수 있는데요. 과거 우리 시는 이러한 속물주의적 취향에 젖어서 시의 세계를 오직 시인 자신의 축제로 전락시켜간 부정적 현상들이 많았던 것입니다. 이것은 독자권讀者權을 완전히 무시하는 독선적, 편향적이고 패권주의적이며, 시인들만의 일방통행적 사고입니다.

그러나 이제는 그때보다 시에 관한 생각이 많이 달라졌고, 당시보다도 민주화의 진행이 눈에 띌 만큼 이루어졌지만, 아직도 여전히 과거의 독선적 스타일이나 방법론을 고수하는 창작 경향이 많은 것이 사실입니다. 시의 언어는 일찍이 이탈리아의 시인 단테가 자신의 고향 말로 그 유명한 서사시 「신곡神曲」을 써서 만인의 심금을 울렸고, 더불어 영국의 계관시인 워즈워드가 오로지 농민들의 투박하면서도 삶의 철학성이 무르녹아 있는 민중언어로 쉽고 울림이 큰 작품을 써서 놀라운 갈채와 지지를 받았던 것입니다. 한국에서는 1970년대로 접어들면서 신경림(申庚林:1936~) 시인에 의해 시집 『농무農舞』가 발표되고 그 이후의 시적 인식에 대한 파장은 엄청 난 변화를 가져오게 되었던 것입니다.

이제는 쉬운 말로 쓰는 시, 쉬운 말이지만 곱씹어 읽을 때 그 문맥에 서려있는 또 다른 철학성이나 관념성이 향기처럼 은은히 풍겨나는 작품이 주목받는 시대입니다.

2

이영선 시인의 첫 시집에 실린 시작품 「시월 어느 오후」는 이러한 여러 요소들을 두루 갖추고 있는 참한 특성을 지니고 있습니다.

> 목장승 비스듬히
> 하늘 보고 누워있는 공방 뜰
> 켜켜이 쌓아둔 배 불룩한 항아리
> 붉은 햇살이 곱다

먼저 첫 연에서는 시각적 이미지로 도입부를 시작합니다.

장면을 그려내는 과정에서 색상이나 형용을 표현

하는 어휘들이 제각기 적절한 위치에서 반짝이며 빛을 발하고 있습니다. '비스듬히' '누워있는' '켜 켜이' '배 불룩한' '붉은' 등의 시어들이 바로 그러한 사례들입니다. 마치 한 장의 선명한 사진을 보듯 카메라의 앵글이 장소를 이동해 다니며 구체적으로 보여줄 것을 보여주고 있는 것이지요.

> 문 틈 사이로
> 두런두런 들려오는 목소리
> 주인은 간데없이
> 저 혼자 라디오가 떠들고 있는데

둘째 연에서는 새로운 상황의 변화를 느끼게 합니다. '두런두런' '떠들고 있는 라디오' 등의 대목들에서 느끼는 것은 청각적 이미지의 효과와 그것의 재치 있는 활용입니다. 동양의 전통적인 한시에서도 이런 기법이 즐겨 구사되고 있지요. 사람은 보이질 않는데 밥 짓는 연기만 숲속에서 올라온다든가, 사람은 보이지 않는데 나무 찍는 도끼 소리만 숲에서 들려온다는 방식처럼 말입니다.

한 편의 영화를 보듯 카메라는 공간을 이동해 다니며 사물의 형상을 시각화시켜서 보여주다가 곧 청각적 울림으로 바꾸어갑니다. 이러한 기법을 이미지의 전환轉換이라 부르는데, 이 작품의 전체 구조에서 가장 아름다운 울림이 느껴지는 부분을 선택하라면 나는 주저 없이 2연을 고를 것입니다.

구구구구
숲 속의 작은 새여
담쟁이덩굴 땀 젖은 뜰에
어여쁜 너의 노래 들려주지 않겠니

셋째 연에서는 청각 이미지와 시각 이미지의 혼합 스타일입니다. 그러한 과정에서 '새'와 '너의 노래'란 대목을 통하여 시인은 삶에 대한 긍정적이고도 낙천적인 자세로써 대상과의 순결한 통합이나 일치를 갈망하는 자신의 사상을 슬쩍 드러내 보여 줍니다.

솔 내음 가득한 숲길
살아남기 위하여 내게로 왔구나
깊숙이 뿌리내린 상처를 달래 듯
옷깃에 달라붙은 도깨비바늘
가만가만 떼어내었다

이렇게 읽어갈 때 마지막 연에서의 '숲길' '상처' '도깨비바늘' 등의 시어들이 결코 범상치 않은 의미를 지니고 독자들 앞에 새롭게 다가오는 것을 은연중에 감지하게 됩니다. 숲길은 어쩌면 우리가 살고 있는, 혹은 살아온 삶의 터전일지도 모릅니다. 그리고 우리는 그 터전에서 크고 작은 상처를 수없이 받으며 살아가고 있습니다.

이 세상에 마음의 상처가 없는 사람이 과연 있을까요? 달리 말하자면 인간이란 존재는 누구나 자기만의 상처를 속으로 품고 있기 때문에 자신의 삶을 더욱 잘 다독거리며 튼튼하게 살아가는지도 모릅니다.

흔히 일컫는 비유이지만 진주조개의 몸속에서 형성되는 진주라는 보석은 조개의 아프고 쓰린 상처 때문에 생겨나는 것이라고 합니다. 그리하여 상처는 인간만이 가질 수 있는 매우 영예롭고 귀한 것이 아닐 수 없습니다. 여러분께서는 아무쪼록 여러분의 내면에 깊이 감추어져 있으며 그 누구에게도 결코 드러내 보이고 싶지 않은 자신의 어두운 상처를 앞으로는 더욱 보듬고 사랑하면서 살아가게 되기를 바랍니다.

옷자락에 무수히 달라붙어 있는 도깨비바늘에 관한 코멘트도 지금까지의 독법讀法으로 읽어볼 때 꽤 흥미롭게 다가옵니다. 우리 몸에 붙은 저 도깨비바늘에 대하여 두려워하거나 한탄하지 말고, 그저 느굿한 자세로 하나씩 둘씩 떼어내면 되는 것입니다. 그러므로 4연 17행의 이 시는 고달픈 세상을 살아가는 삶의 지혜를 보여주는 작품으로 읽는 것도 하나의 방법이 될 수가 있는 것입니다.

자기 앞에 펼쳐진 길을 그저 묵묵하고 담담하게 걸어가는 것! 이것이 가장 권장할 만한 삶의 방법이 아닐까 다시금 곰곰이 생각해 봅니다.

한 편의 시작품을 이렇게도 보고 또 저렇게도 읽어보는 여지를 가진다는 것은 그만큼 우리들의 정신적 삶이 윤택하고 풍부하다는 것을 말해주는 것이 아닐까요?

3

이영선 시인이 이번에 펴내는 첫 시집 『집을 지나치다』를 전체적으로 관류하고 있는 특별함은 삶과 사물에 대한 따뜻하고 정겨운 응시와 성찰입니다. 응시와 성찰이란 우주에서 오로지 인간만이 누릴 수 있는 권능이라 할 수 있는바 이영선 시인의 응시와 성찰은 정겨움을 기반으로 확장되고 있습니다. 그 정겨움은 첫째로 언어와 감각, 혹은 터치와 관련된 측면에서 놀라운 시적 효과로 되살아납니다. 다음으로는 울림과 여운의 효과로 나타나는 정겨움인데 이 특성은 다분히 동양적이고, 한국적인 것이라 할 만합니다. 마지막으로는 이영선 시인의 기질과 품성에 관련된 특성일 터인 즉, 사물에 대한 섬세함과 성실한 자세가 주는 효과가 매우 비범하게 느껴집니다.

이번 첫 시집에 수록된 여러 시작품들에서 그러한 정겨움을 느끼게 되는데, 가령 「사월」만 하더라도 나무의 널쪽을 잇대어 지붕을 올린 너와집 풍경을 묘사하는 과정에서 잘 그려내고 있습니다. 지금은 주인이 살지 않고, 빈집이 된 너와집에서 비닐 문풍지가 바람에 너풀너풀 날리는 광경을 시인은 작은 새의 비상에 비유하는 참신함을 얻어내고 있습니다. 이 작품에서 2연의 정겨움은 3연에서의 기대와 삶의 향취로 이어져 깊은 시적 울림으로 극대화되는 과정을 보여줍니다.

「생강나무」는 자기내면을 집요하게 응시하고 있는 시인의 자세를 은근히 드러내 보여주고 있습니다. '내 안에 피어난 꽃들을 본다'란 내목이 바로 그 장본입니다. 생강나무라는 이른 봄에 피는 꽃이 슬픔이라는 근원에서 비롯되어 따스한 숨결을 얻은 뒤에 마침내 눈부신 개화로 이어지는 과정을 그림처럼 제시하고 있습니다.

산수유나무의 열매를 '빨간 전등알'에 비유한 「산수유나무 곁에서」도 시 읽는 맛과 즐거움을 배가시켜 줍니다. 시 「강」은 4연에서 특히 표현의 정겨움을 만끽하게 되는데, 서민적 삶의 풍속도가 물씬 느껴지는 스크린 효과에서는 깊고 따스한 공감을 형성하게 됩니다. 우주적 시간의 모든 과정을 기록하려는 포부를 지닌 시작품 「토란잎」에서 독자들은 유기체의 생로병사와 관련된 삶의 필연적 법칙성을 깨닫게 해줍니다. 이런 관점에서 시인의 가치관은 꽤 진화론적 믿음을 지니고 있는 것으로 보입니다.

정겨운 응시와 성찰을 풍부하게 느끼게 해주는 또 다른 시작품으로는 「늦가을 담쟁이」 「유월의 노래」 「전등사」 「안개」 「가을에는」 「모정」 「꽃잎을 쓸며」 등을 손꼽을 수 있습니다. 낙화를 주검에 비유한 「꽃잎을 쓸며」라든가, 식당 여주인의 아들 그리움을 살뜰하게 담아낸 「모정」 등은 이영선 시인의 삶의 가치관과 방향성을 짐작하게 해주는 표본적 작품입니다.

이영선 시인의 이번 시집에서 발견하게 되는 또 하나의 놀라움은 뛰어난 감각성의 구사라 하겠습니다. 「울음소리」 「붉은 꽃등」 「빈집」 「여름 숲길에서」

「달밤」 「첫 새벽」 등의 작품이 함유하고 있는 감각적 특성은 우리가 흔히 대할 수 있는 여타 시인들의 감각성과 확연히 구별되는 선명성을 지닙니다. 왜냐하면 일반적 감각성에 치중하는 시인들의 작품에서는 감각성 자체가 단지 표피적 말초적 특성으로 한정되는 경향이 흔하지만 이영선 시인의 감각성은 삶을 해석하고 통찰하는 시인의 따뜻한 품성과 가치관에 직결되어 있기 때문입니다.

그러므로 이영선 시인의 손길과 시적 터치를 거치게 되면 놀랍게도 모든 차디찬 사물과 무기물들이 전적으로 따뜻한 생명력과 호흡을 지닌 사물들로 바뀌어져 있는 것입니다. 어떤 관점에서 보면 이것은 또 다른 물활론物活論의 한 범주라 할 만합니다.

필자는 흘러간 문청文靑 시절, 중국의 근대 작가 천푸沈復가 쓴 『부생육기浮生六記』란 소설 작품을 감동적으로 읽었던 기억이 문득 떠오릅니다. 천푸는 청조 말기에 태어난 소설가로 그의 작품을 통하여 관조하는 인생의 아름다움과 비애를 담담한 필치로 잘 그려내고 있습니다. 작품 『부생육기』의 주인공온 운芸이라는 한 여성입니다. 그녀의 품성은 워낙 살뜰하고 창의적이라 남들이 하찮게 여기는 자질구레한 사물도 특별한 애착으로 받아들여서 삶의 한 컨을 멋스럽게 장식합니다. 말하자면 운이라는 여성의 손길을 거치게 될 때 모든 무의미한 것이 깊은 의미로 새롭게 태어나게 되지요. 우리의 삶은 너무 습관과 타성에 길들여져 있는 듯합니다. 그렇게 반복되는 일상 속에서 우리는 참신성의 진정한 뜻을 전혀 모르고 지나치는지도 모릅니다. 조금만 생각을 바꾸면 별것 아닌 것들이 매우 비범한 사물로 새롭게 우리 앞에 감추었던 얼굴을 드러내는 것입니다. 시작품을 쓴다는 창작행위도 바꾸어 생각해보면 운이라는 여성의 삶과 사고방식을 닮아 있는 듯합니다. 발상의 전환, 이것이야말로 따분한 우리네 삶을 신선한 분위기로 일신시키는 위력을 갖고 있습니다. 이영선 시인의 시를 읽으면서 필자는 『부생육기』의 주인공을 자꾸만 떠올렸습니다. 그만큼 이번 시집에서 넘실거리는 기운은 습관과 타성에 젖어있는 우리들로 하여금 발상의 전환을 강렬하게 추동하고 있습니다.

현대의 모든 삶은 거대소비와 향락을 향한 무한경쟁 속에서 지구의 싱싱하던 생태와 자연은 현저히 훼손되어 갑니다. 극지의 오존층은 구멍이 난지 오래 되었고, 지구의 온도를 조절해주던 빙하는 자꾸만 녹아내리고 있는 형편입니다. 환경문제에 대한 많은 보도와 연구보고서들이 이러한 위기를 줄곧 제시하며 일깨워주고 있지만 인간의 삶은 그 위기를 직시하지 못하고, 자꾸만 역방향으로 둔주遁走와 퇴행退行을 거듭해가고 있습니다. 이러한 시점에서 시인의 역할은 참으로 소중합니다. 시인이야말로 인간의 영혼, 그 밑바닥을 향하여 강렬하고도 투명한 울림을 보내어 진정한 호소력을 환기시킬 수 있는 존재이기 때문입니다.

이영선 시인의 이번 시집이 지니고 있는 가장 커다란 특징이자 미덕이란 현저히 차가워지고 메마른 인간의 감성에 따스한 영혼의 숨결과 습기를 불어넣어줄 수 있는 놀라운 효과가 아닌가 합니다. 적어도 그의 시세계에는 이러한 효과의 놀라움과 변화의 가능성을 듬뿍 머금고 있는 것으로 보입니다.

4

최근 우리의 삶은 기대와 효과란 측면에서 너무나 조급하고 서두르는 경향을 나타내고 있습니다. 남과 북의 분단, 정치적 갈등과 빈부의 격차, 암담하고 먹구름으로 가득한 세계경제, 치솟는 물가, 한반도를 둘러싼 외교 분쟁 따위와 같은 항시 우울하고 불투명한 이슈들 속에서 서민적 삶이 제대로 안정된 뿌리를 내릴 만한 토양은 그 어디에도 찾아보기 어렵습니다.

모든 대중적 집단적 불만과 아우성도 이러한 기류 속에서 점차 강화되고 있는 것은 아닌지 우려됩니다. 사실 여유를 부릴 만한 넉넉한 시간이 우리들에게 보장되어 있지 않다는 사실만은 분명합니다. 하지만 조바심친다고 당장 해결될 문제가 아닌 것도 확실합니다. 급할 때일수록 돌아가야 한다는 옛 격언처럼 우리는 우리네 삶의 리듬에 대하여 완급緩急을 적절히 조절해야만 합니다. 완급 조절의 분별에 실패하면 모든 것이 총체적 위기와 파멸 속에 휩싸이게 됩니다.

이영선 시인의 시작품에서 우리는 삶의 리듬과 그 완급 조절의 현명함에 대하여 하나의 화두話頭를 발견하고 놀라움을 가집니다. 우리는 과연 우리의 미래시간을 어떻게 이끌어가야 하는가? 어떻게 살아가는 것이 가장 당당하고 올바른 모습인가?

여기에 대하여 이영선 시인이 보내오는 메시지는 다음과 같습니다.

i) 산다는 것은 내 안에 돌 하나 키우는 일 (「오후의 집」)

ii) 잎도 열매도 다 버리고/ 사랑도 미움도 거칠 것 없는/ 당
　　당한 어깨 (「손」)

iii) 사는 것이 나날이/ 불 꺼진 창문처럼 아득하여도/ 상현
　　달 아슴한 눈빛 따라/ 밤거리를 걷고 또 걸어볼 일이다
　　(「밤거리에서」)

■ 시인의 말

때론 나를 혼절시키기도 했으나 번번이 나를 일으키는 일 또한 시의 몫이었으니, 시 쓰는 일이란 삶을 새롭게 일으켜 더욱 사랑하는 일이라고 믿는다.

이제야 겨우 몸이 우는 소리를 듣는다. 야뽁강에서 하느님과 겨루던 야곱의 환도뼈가 내겐 시였는지도 모른다. 절름거리며 가는 길, 고단함도 축복이리라.

부족한 시를 묶으면서 아껴주신 분들을 생각하니 그동안의 부끄러움만큼 기쁨을 누릴 수 있겠다. 시의 눈을 뜨게 해주신 이동순 시인님과 문단으로 이끌어주신 정대구 시인님, 첫 시집을 기꺼이 펴내 주신 선출판사 김윤태 사장께 깊은 감사를 드린다.

2008년 9월
이 영 선